书有道·阅无界

策划出品 | YUEKE 阅客

闲暇雅趣

张有益诗词集

——

张有益 著

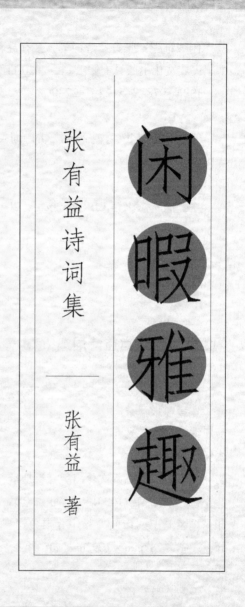

中国民族文化出版社
·北京·

图书在版编目（CIP）数据

闲暇雅趣：张有益诗词集／张有益著．-- 北京：
中国民族文化出版社有限公司，2020.11（2025.6 重印）
ISBN 978-7-5122-1427-9

Ⅰ．①闲… Ⅱ．①张… Ⅲ．①诗词 - 作品集 - 中国 -
当代 Ⅳ．① I227

中国版本图书馆 CIP 数据核字（2020）第 220017 号

闲暇雅趣：张有益诗词集

XianxiaYaqu Zhangyouyi Shiciji

作　　者　张有益
责任编辑　李晨光
责任校对　李文学
出 版 者　中国民族文化出版社　地址：北京市东城区和平里北街 14 号
　　　　　邮编：100013　　联系电话：010-84250639　64211754（传真）
印　　装　三河市同力彩印有限公司
开　　本　787mm×1092mm　16 开
印　　张　7.5
字　　数　117 千字
版　　次　2025 年 6 月第 1 版第 2 次印刷
标准书号　ISBN 978-7-5122-1427-9
定　　价　69.00 元

目录

趣

兰花脊骨

读微友蒲某诗感言，世人喜兰幽香，吾独赞兰之脊骨，故作此诗。

兰香幽然入梦来，德为脊骨傲世开。
寒窗诤友松梅竹，品风端正暴惊雷。

农历丙申年正月十三日于羊城

红姑娘

春季外出散步，见路旁有两株灯笼果，即红姑娘，感其秀美遂作诗。

秘鲁红姑娘，遗弃荒郊旁。
端砚怜其秀，带植院花房。
精心勤培植，喜结硕果忙。
人间送康福，清热利血糖。

农历乙未年四月十一日于鹅城寓所

白云碧水

西湖碧波云中来，荷花娇艳竞相开。
风吹香尘传十里，游人心醉不思归。

农历乙未年四月初九日于鹅城寓所

茶情颂

千苦万苦出深山，绿叶绽放云雾中。
逐病厚福忆陆羽，芬芳飘逸天地间。

农历乙未年二月初十于鹅城寓所

游白云山

冬去春来，万物复苏，闲暇之时，漫步白云山下，野花遍地，芳草萋萋，遂有遐思。忆《增广贤文》："命里有时终须有，命里无时莫强求。"年近花甲应清静无为、与世无争，闲暇时"采菊东篱下，悠然见南山"，岂不妙哉！

春意渐浓云山游，拱桥古朴伴红楼。
清静无为观新柳，翠竹轻盈显娇柔。
借得飞瀑水一掬，沾湿衣裳也风流。
勿惊林间小彩蝶，飞翼双双竞自由。

农历甲午年腊月二十四日于羊城

叶里乾坤

莺歌燕舞好丰年，依稀梦中映芳菲。
叶里乾坤谁知晓？茶乡丽人情依依。
丝丝香缕入肺腑，幽幽清脉在自然。
跳出三界无牵挂，微微禅音不二憎。

农历乙未年二月初二于鹅城白鹭湖

山茶花之恋

悠悠飘来幽幽馨，忽见山花衬美人。
不知何家采茶女，多少才郎欲断魂？

农历乙未年九月十三日

牵牛花之恋

逐痰利尿善心肠，不争风光称勤娘。
冷静朝颜花飘香，爱情稳固品高尚。

农历乙未年二月初二于鹅城白鹭湖

秋实·秋寒

秋实飘香风已寒，斜阳夕照莫为难。
客心何须思千里，壮志未酬两鬓斑。

农历乙未年八月二十七日于车上

花蕊怀中

双眸秋水神魅魂，歌舞声婉楚动人。

曾是发小难聚首，任是无情也动人。

一曲清音送幽香，欲借东风惹凡尘。

借问名花归何处？青石板路月下逢。

农历乙未年八月二十四日于羊城

妖娆风韵春永恒

花城广场，珠江岸边，微风拂面，秋水如镜。夜晚在堤边漫步，红裙绿柳，轻歌曼舞，秋蝉鸣月，不时碰到昔日同事、同乡，有感而作此诗。

质如幽兰貌似仙，纤手柔荑肤脂凝。

一笑影仪清眸盼，再启朱唇无华铅。

双目澄澈含秋水，轻歌曲曲润心田。

软玉细润冰肌彻，妖娆风韵百媚生。

农历乙未年八月二十五日夜十一点于羊城

大　寒

独处高楼望天涯，流水迢迢淘金沙。

寒冬劲风萧萧木，傲雪飘香绽梅花。

农历甲午年十一月大寒日于鹅城寓所

寂静东湖夜

　　丙申年正月初八，夜深寒风骤降，信步走向坐落在珠江岸畔的东湖公园。夜寂静，风渐寒，春节的热闹、喧哗、嬉戏、祥和好像都与这座位于大都市中心的公园无关；花在思，鱼在眠，树在静，水在流，一切都在深深的寂静中，遂作此诗。

拂面凉风已作寒，逍遥喧嚣夜骤淡。
飘忽尘烟归故土，世路漫漫只等闲。
寂静夜深亭边坐，神清思量恋人寰。
无意江湖缘中定，清欢安稳日高眠。

农历丙申年正月初八夜

端午感怀

远眺茫茫雾隐峰，独行深山觅忠魂。
屈子前程无知己，投江酬志怀忧伤。
骚客文豪泪沾襟，万千诗词泣无声。
可叹庙院不识才，空门陀仙少一人。

农历甲午年端午节早晨漫步于罗浮山

清明感怀

淡淡阳光春自回，千万忠孝祭祖来。
欲为先贤诉往事，未曾表达已流泪。
漫漫轻云汇成雨，缕缕青烟上瑶台。
天堂仙境闻哀乐，人间浊酒寄情怀。

农历乙未年二月十七日清明节

端午祭

端州端砚端阳情，离骚天问九歌生。
怀沙绝唱今犹在，不息悲伤史垂名。
前程堪愁无知己，忧思难填路不平。
浩然鸿才博学在，百草万木忆忠魂。

农历乙未年五月初五端午夜

东湖思

东湖九曲红桥分，水碧鱼乐不见云。
风荡婆娑情更切，静思闲坐常怀君。

农历乙未年二月十八日于广州家中

赠百花仙子

行尽山里十余程，仙子相伴入华清。
去年秋实果飘香，今春群山又吐新。
盈盈缓步栈桥过，碧碧溪水恋留情。
众蜂采蜜春怀意，夜半有诗梦相逢。

农历丙申年三月十二日夜

元宵快乐

元宵喜洋洋，家家飘芳香。
结伴观花灯，瑞雪兆吉祥。

农历壬辰年元宵夜观烟花会

梦回合江楼

萧萧暮叶洒江堤，淡烟流水碧连天。
初寒小楼轻似梦，星星小舟泛涟漪。
玉栏倚眺闻兰香，风吹帘开见罗衣。
冰肌玉骨淡妆宜，为伊梦醒夜无眠。

农历甲午年十月初七于鹅城寓所

鹅城西湖早来春

　　昨夜闲暇信步西湖，鸟语花香。南国春来早，更有早来春，西湖胜景，曲径通幽，歌舞升平，故作此诗。

昨夜闲暇步西湖，鸿雁归栖音不度。
江畔兰香飘花雨，斜月沉沉锁神雾。
荷塘吐蕊成芳海，代代传承耀今古。
九曲桥上度得相，夜深不觉思归途。

农历乙未年三月二十七日中午于鹅城寓所

井冈遇险

丹桂飘香上九重，阳山井冈祭英雄。
莫叹前途无知己，何愁人生少同行。
荆棘丛生扎烂衣，谷底深潭难寻觅。
初秋劳倦遇凶险，常有风光入心灵。

农历甲午年九月初十上午十二时乘索道突遇停车而作

续重阳井冈山

重阳井冈秋意浓，幽幽乐曲颂忠魂。
浑朴祥云呈逸彩，淡雅松涛唯美声。
一杯山茶入禅心，二两佳酿红米醇。
华夏大地多奇志，再现沙场贯长虹。

农历甲午年九月初十

咏　竹

夏日炎热，竹海清凉，人世沧桑，竹林静安，作诗一首。

夏秋冬去四季春，繁衍生息多儿孙。
风雨雷电强筋骨，婆娑清凉有麒麟。
劲根苦寒争日月，翠玉碧色伴终身。
虚心劲节形矫健，叶飘万点入禅林。

农历丙申年五月二十八日傍晚于鹅城寓所

初夏怀情

今日立夏，见院中花草已挂佳果，蜂飞蝶舞，鸟雀成群，故作此诗。

晨光初露出睡房，轩窗透见飞鸟忙。
芳草自随征途远，林中播种已着床。
昨夜丛蝶依然归，花去蜜蜂无采场。
庭院佳果枝头满，闲暇莫论日月长。

农历乙未年三月十八日（立夏日）于鹅城寓所

梦　泽

挥汗俱然为谁流，春夏秋冬不言休。
寒暑神安无冷灼，火流静候放清秋。
忍待炎蒸须无欲，五风十雨俱闲游。
梦泽相期晚节香，阡陌云路添乡愁。

农历丁酉年六月二十九日（大暑日）

院中夜雨四君子

傲立深山最豪情，移种小院秀香馨。
夜承雨露修禅意，日沐阳光炼真身。
玫①兰竹松亲自然，色香形姿自分明。
宅中虽无腾龙物，心里自存志凌云。

农历乙未年四月二十九日于鹅城寓所

寒夜独步

清夜淡淡寂静声，长空冷月待行人。
寒冬落尽枝无绿，自恨寻花不了情。
如今狼藉任风摆，泽梦凤凰落梧桐。
园主光环已故去，春来再战抖精神。

农历丙申年十二月一日夜

① 因院中有玫无梅，所以"四君子"之梅只能用玫替代。

暮光续情

幕光之城任充融，世事三宝日月星。
凡尘未了吾三爱，来生何愁再续情。

农历丁酉年七月二十六日夜于羊城

清明情缘

清明寒食有传情，子推重耳尽丹心。
正道德品在诚义，祭奠感恩颂忠魂。
勤耕苦读常自省，励志图精育来人。
男儿女郎承福泽，春风日暖步青云。

农历乙未年二月十六日于羊城

无　题

难得好诗配好景，初冬惊艳忆古今。
人生多少风韵事，留取范典照来人。

农历乙未年初冬读观感于羊城寓所

寒露一笑

凉风习习已入寒，晨雾袅袅恋秋衫。

稻穗不抽真难出，沙鹤双飞栖成单。

青叶寥落衰荷破，如梦初醒路漫漫。

中元月圆方三日，人生谈笑一指间。

丁酉年寒露节晨于乡

修德致远

天鸽疾风驱暑急，扫热除残见初微。

期盼清凉怡禅心，平安宁静乐入眠。

秋来夏去相更替，蝉声渐咽声歇息。

尘世万事无常态，修德致远勿迟违。

农历丁酉年七月初一（处暑日）台风"天鸽"来临前夜

三伏夜雨

哗哗大雨行路难，三伏夜暗心胆寒。

黑云翻墨雷鸣响，卷地风啸花枝残。

儒雅诗酒非我有，向望潇洒莫入营。

风静云淡扶栏坐，余韵一曲泪满衫。

农历丁酉年六月二十五日夜于鹏城

苍茫大地

夜色深深思华年，美景飞逝情如烟。
苍茫大地谁逐梦，宇宙琼楼听古琴。
春来风雨摧花发，秋收果丰思无眠。
冥冥之中成追忆，瑞祥紫气意绵绵。

农历丁酉年正月二十日夜于沈海高速途中

荣枯论福

黑发白鬓儿荣枯，悲欢人生论劳禄。
苦愁喜乐度日月，知恩图报天赐福。
忠孝礼义守诚信，朴素简洁问起居。
迢迢思绪梦魂绕，拳拳赤心化鸿儒。

农历丙申年十一月初十

大师传艺

　　书画家马老师到广东虎门沙田镇采风、传艺、献宝，乡亲们热情好客，奔走相告，争相目睹大师风采，有诗为证。

沙田冬至杨柳青，忽闻岸边传歌声。
农家瓜果腊肠香，古迹犹记旧时事。
虎门炮台非昨日，精准威挺似天兵。
村姑幼童抬头望，神笔马老喜降临。

农历乙未年十月十八日于雁城

赞春耕①

娉娉袅袅二十余，香香甜甜如当初。
春夏秋冬漫漫路，千花万柳总不如。

2010年5月7日

秋灵二首

（一）

晨曦初露雾蒙蒙，夜雨叶落催无声。
枯树庭前添秋色，客乡水边思归程。
诗解人意曲同忧，东江千里练如银。
西湖堤畔东坡泪，风雨潇潇淅零零。

农历戊戌年六月二十日

（二）

懊恼释怀愁伤情，清流浊沟叶落红。
赏花幽怨景影稀，秋色容淡姿暂浓。
蝉声息罢寒意起，轻烟残霞步闲亭。
踏碎枯叶簌簌泪，捧抚落花丝丝情。

农历戊戌年六月二十九日晨于鹅城寓所

① 一母牛耕田二十余年从未停歇，虽有机械化普耕，却不及母牛耕耘的稻米香甜。

环境污染

断桥残雪孤寂路，过客匆匆游西湖。
昔日西子今安在，今朝浊水不如无。

2010年6月10日游西湖所作

宜兴有感

宜兴有石泉，紫砂结情缘。
羊城恭候君，沁茗待聚谊。

2010年6月12日

雨

临窗听雨惹乡愁，倦鸟归啼几时休？
欲写离愁书别怨，未曾落笔泪先流。

农历丁酉年三月初八于鹅城

惊　鸿

柳腰娇态似芙蓉，风姿绰约艳惊鸿。
岁月不老冠如玉，武装美媚更玲珑。
端庄厚唇无娴秀，谦卑含羞犹双瞳。
心存济物霞月皱，杏脸桃腮依依情。

农历丁酉年闰六月初十傍晚于鹏城

秋凉感怀

（一）

晓日晚秋天转凉，同窗传鸿言平安。
美菊竞开吉情事，蕊心含苞有惆怅。
天籁话语存铿锵，上善若水似兰香。
风清送爽存温意，雅姿玉容入梦乡。

农历丁酉年九月初八于汕尾

（二）

小雨落秋意正浓，凉风习习现残红。
金色十月人间乐，天堂万里飘彩虹。

农历丁酉年九月初十从汕尾回广州途中

降　温

（一）

独立寒秋夜，薄雾晓云流。
沉醉不知归，相思上眉头。
轻柔扶香玉，莫道魂难销。
常忆临暮日，两处有闲愁。

2010年11月1日夜

（二）

凉风吹面过于砂，丽人装束美如画。
遥感鸿雁送温馨，声外闻音玫瑰花。

2010年12月3日于汕尾

十里银滩

十里银滩鸟归林，波涛柔情浪成真。
碧桂园里百花香，蝴蝶双飞有温馨。

农历癸巳年九月二十二日

碧桂缘聚

棋逢对手世事奇，相弈银滩创惊喜。
碧桂园中续前因，成仙论道乐今生。

农历癸巳年九月二十二日晚

深山寒冬夜

灯前身影两相嘲，无人知晓暗思潮。
孤独深山难入梦，泪流寒宵已天明。

农历癸巳年十月二十五日

怜悯苦

别离相思怜悯苦，飘零尘埃香犹故。
如许一缕新欢衣，千恩万怨伴君宿。

农历戊戌年三月初九夜于鹅城

宦海凄凄满山红

长秋净月多自怜，叶落刹那风有声。
困境苦逼子规啼，岁闲客居疾疾行。
青丝霜至染白鬓，夕阳残照千里情。
宦海追思景凄凄，游子岁暮满山红。

农历戊戌年六月二十六日晨于鹅城寓所

风物丝丝犹烟云

驱垢秽气倍多情，鬓添银丝感慨生。
子胥屈原成故道，艾蒲粽舟话当年。
贤德愚忠千古恨，青史诗书几垂名。
魂魄幽幽总堪伤，风物丝丝犹烟云。

农历戊戌年五月初四下午

立秋烧尾

炎夏烧尾苦迭中，无为清净闻梵音。
春秋夏冬寻佛道，四季轮回一枕空。
日落西去明月起，霞光依稀映苍穹。
满江倒影凝春至，新凉于心又雄风。

农历戊戌年六月二十七日晨于鹅城

东湖韵二首

（一）

夜静和风渡星辰，云霞万朵映楼东。
露重蛙鸣藏飞鸟，湖畔柳摇鸣蝉声。
广场飘歌舞彩蝶，听乐余音畅精神。
水岸绕圈四十载，艰难少年满霜鬓。

农历戊戌年三月二十日夜于穗东湖九曲桥

（二）

月明楼台满游人，夜静云霞覆灯红。

东湖九曲映绿水，蛙鸣蝶飞绕蝉音。

客自湘来四十载，年少青春已霜鬓。

变迁时日心未老，浊酒百杯再壮行。

农历戊戌年三月二十日夜于穗东湖九曲桥

品味人生

悲乐黑白空茫茫，得失兼容任欢喜。

赚来时日心头净，圈里楼阁著文章。

养怡咏歌铸壮志，自缘天成吟诗狂。

清静无为淡然处，浮云遮霞闲中忙。

农历戊戌年三月十一日下午于鹅城

仙　游

春入广州满城花，秋游惠州落彩霞。

多情白发盖青丝，红云碧波依芳华。

萧萧山路三百里，公交地铁连到家。

晨有朝露暮为雨，夜夜佳梦走天涯。

农历乙未年十月初九下午

梦江南

冷风暖日晨风寒，夜昼长短自分难。
无事朝暮生是非，春情时节已始残。
蜂采百花成香蜜，苦甜劳累不言烦。
汗流万滴田渐绿，梦寻芬芳满江南。

农历戊戌年三月初八晨于羊城

问卜西湖

今日春分，阳光明媚，惠州西湖，百花缤纷。晨曦于西湖踏青，传西湖有一奇人善问卜算卦，心中感怀，有诗为证。

日月阴阳两均分，桃李春色花似云。
晴天绿野水黛色，雨来枝蕊落纷飞。
眺望远方思往事，心怀蓦然仍徘徊。
西湖问卜怕寒语，误将前世当今生。

农历戊戌年二月初五晨于西湖踏青作

智慧一笑

月攀枝头夏下楼，暑热消散难尽头。
闷燥双重须息心，折扇轻摇恋凉宵。
人生路口如季换，多思熟虑莫愁忧。
自古秋悲无平静，智慧一笑万事休。

农历丁酉年闰六月十五日晚于羊城至鹏城途中

秋叶栖胜花

从鹅城回羊城的大巴车内，望云雾，看落叶，听秋雨打在车窗上，有诗为证。

秋叶极恨歪风斜，悲催雨打飘天涯。
无情山月照枯枝，孤雁独倚望落霞。
不知心事云雾低，多情水滴洗铅华。
车晃情脉水悠悠，求索顿悟捷胜花。

农历戊戌年七月二十一日下午

自在自然

广武兄弟喜静慈悲，好花喜友，常游山水之间，常步山村野趣，有诗为证。

（一）

闲情赏花花乱眼，乱眼鲜艳心自然。
自然处世身自在，自在人生养颐年。

农历戊戌年七月二十九日

（二）

白露南粤花竞开，寒风无奈百花衰。
只待硕果润秋色，不忧春光唤不回。

农历戊戌年七月二十九日

霜鬓无愧已然生

怀邵衡市高铁通，香车迅雷一笛鸣。
夙愿道途前路远，书院客惊古未闻。
员外等闲回家日，真如南雁一归心。
少离蒸水肩重担，霜鬓无愧已然生。

农历戊戌年八月初一晚于鹅城寓所

浮云游子无枯荣

九月初六午十二点三十分送走了相伴近五十年的老师，心有不舍，存悱恻之情，故作此诗。

悱恻豪放旷达情，冰心玉壶听晚声。
苍苍青山独归远，愁绪满怀将欲行。
书香唯闻相思泪，金玉送罢掩柴门。
此地一别挥手去，浮云游子无枯荣。

农历戊戌年九月初六

暇

南国英雄赞

木棉红透满军营，尽道此树喻英雄。
昨日晨运挺足望，挺拔滴血精气神。
虽无绿叶相映衬，美丽娇媚赛芙蓉。
忽闻整齐军号声，起踏落花香满尘。

农历乙未年正月三十日下午于鹅城寓所

木棉含春

昨晨远闻木棉花香，心旷神怡，作诗抒怀。

红映蓝天馨满营，衬配绿叶润无声。
南国英雄春先知，呈芳飘逸总含情。

农历乙未年正月二十九日晚于鹅城寓所

成天兔

"天兔"来临之际，我英雄人民军队严阵以待，做好准备，遂有感而作此诗。

嫦娥乘风奔月去，天兔踏风带汹回。
军民倚剑待狂飙，英豪齐心斩狂魔。

2013年9月23日

誓报国恩

老骥伏枥，志在千里。豪情万丈地看完了朱日和沙场点兵，体会到了一个职业军人的情和爱，又泪眼婆娑地读完了《家书》，心情难以平静，遂作此诗。

刀锋寒战月光冷，拔营选将震苍穹。
千古江山英雄血，沙场红尘点兵忙。
车马萧萧入边关，铁甲金戈夜无眠。
鸿雁声声慈母泪，男儿誓死报国恩。

农历丁酉年七月初六傍晚

白云山嘉禾

白云山旁几别离，梅园嘉禾俱痴迷。
忆得当年方三十，农牧加工超亿元。
风华正茂铸壮志，闻道花开尽自然。
友谊之路存茶香，春秋数度更娇媚。

2015年2月10日于白云山下岭南东方酒店

梅花园之恋

两枝红梅小楼中，袅袅娜娜伴醉翁。
明日芳花成果后，人间痴汉笑春风。

农历甲午年十二月二十二日

西风烈

红旗漫卷风偏西，广梅汕铁亏损急。
当年小伙战粤东，开创深山有奇迹。
已出东家十六载，二八①情怀尚难离。
寻寻觅觅思良策，何须伤神夜不眠。

农历丙申年四月十五日于寓所

英烈魂归祭

东风随春归故乡，忘战必危无吉祥。
英烈忠魂安息日，勿忘鼓角盼良将。
坎坷历尽生死劫，保卫国家是榜样。
祈祷国泰民富乐，磨砺利剑为安疆。

农历乙未年二月二日晚于鹅城寓所

南坊休闲山庄别显棠②

南粤陆河书声琅③，坊间奇妙飘芬芳。
修道此处无古迹，闲暇逍遥逸苍茫。
山中常遇仙女至，庄内盛聚少年郎。
显现人间真善美，棠树相似赋诗忙。

农历丙申年十一月二十一日晚于鹏城田面村

① 二八，指微友在广梅铁路工作十六年，又离开"红旗漫卷西风"的生活十六年。
② 指作者微友朱显棠先生，其为陆河本地人，才华横溢，退休后努力为家乡、为父老乡亲服务。
③ 书声琅，指人才辈出。

畅饮千斛酒

云龙风虎名利禄，略制高远不言休。
血胆浩骨气霄汉，何忧晚岁苦与愁。
大策益祥残缺补，万里沃土竞自由。
战兢耕耘招旧部，坦荡畅饮千斛酒。

农历丁酉年闰六月十七日下午于鹏城

车上忆在汕尾工作

阳光照，思念浓，昨夜难入眠。
忆往昔，心感灵，乡恋难忘情。
明月照，受伤痕，努力奔前程。
缕缕思，挥不尽，几许忧伤情。
秋已至，霜叶红，残叶落纷纷。
春会近，花朵蕊，凝聚向前行。
几多愁，几多顺，欢笑风雨中。

2008年10月18日上午于汕尾回广州途中

重阳登高

重阳兄弟上井冈，星火燎原岂能忘。
红旗招展再征途，吉安延安存芬芳。
而今迈步寻故土，金桂绽放溢香忙。
老圃虽旧黄花鲜，何虑前景无风光？

甲午年重阳晚于井冈山

忆战场建设

一身尘，十载苦，冬去春来，坎坷难诉。
历严寒，经酷暑，他乡拼搏，芳华无驻。

2010年11月1日深夜于汕尾

游南京大屠杀纪念馆感怀

搜捕屠杀累累尸，白骨成山血满地。
人间几多悲惨事，恶狠怎能及魔日。
端午烈火悼先驱，国仇心中勿忘时。
遭难三十万有余，吾辈图强莫迟迟。

2010年端午节参观南京大屠杀纪念馆有感而作

含泪追忆

享法品味清凉营，辞亲割爱为乾坤。
夏日炎炎荷花绽，情波未逐忆前情。
长亭送别晚钟疏，依稀客梦自渺心。
人寰悲欢寻无律，梵音楚楚渡远岑。

农历戊戌年六月二十日晨于羊城

颂歌赋诗莫等闲

己亥春入福六天，离家萱椿四十年。
南北客居奔东西，馆寒灯独常难眠。
千里乡情万缕思，霜鬓明朝畔依然。
老至旦暮思恩德，颂歌赋诗莫等闲。

农历己亥年正月初六下午

找父亲（二首）

（一）

枯枝依旧梦入延，花甲芳环六十庚。
孰知天堂传诏谕，漫步九霄返人间。
寿德双亲唤儿至，护子远航志向前。
孝悌诚信承家风，勤学秉读苦耕田。

农历戊戌年腊月二十九日午时

（二）

寒风冷雨清风情，天不假时传诏令。
江涌失去严父爱，天堂仙班迎陀神。
盛世难别舍亲骨，欲翠青山埋忠魂。
忽仰九霄僧漫步，再遇入梦笑音容。

农历戊戌年腊月二十九日下午

雄风豪情再扬鞭

志贯山河气浩然，杀魔筑城战天地。
浩浩海潮带血泪，巍巍涉路心颤弦。
龙腾虎跃集良师，运筹萧萧烽火燃。
青史留名千万载，雄风豪情再扬鞭。

农历戊戌年腊月二十六日凌晨

找妈妈（四首）

（一）

泄水东西各自流，泪洒南北黯然休。
寒贫豪门论贵贱，天堂找妈添烦愁。
人生来自命中安，行坐叹息思更忧。
酌酒唏嘘梦难断，举杯自宽漠视悠。

农历戊戌年腊月二十五日清晨

（二）

知否知否天堂谣，觅母婆娑泪双流。
眸倾天下看枯眼，惨惨柴门风雨愁。
有子无子正三观，慈母培育万世修。
长子嫡孙承簪缨，德品贤智万古留。

农历戊戌年腊月十五日于广惠高速途中

（三）

巧笑嫣然温婉情，痴客姻缘连红尘。
贫苦富贵良宵多，天堂降旨育灵童。
孝悌忠信心康健，礼义廉耻座右铭。
锤杀父母望阻断，稚子景新满华庭。

农历戊戌年十一月二十九日于鹅城

（四）

牵挂悠悠天涯魂，育子扶正易传神。
贫富酷苦养家口，慈母天上细觅寻。
善行滋润渗肺腑，守德之源灌心灵。
古今福报倚何处，净心明亮耀乾坤。

农历戊戌年腊月初五于鹅城

红尘烟雨伴晴方

北宋绍圣元年（公元 1094 年），大文豪苏东坡被贬至惠州，往后其与王朝云寓惠故事随之丰腴，有诗为证。

西湖嬉戏竞群芳，袅袅娜娜泛流光。
春近笙歌燕归来，红尘烟雨伴晴方。
佛号念念道归宗，修悟心心契真性。
但着人生自无碍，粘着法相不二门。

农历戊戌年腊月十六日于鹅城

白鹿雪景二首

　　湖南益阳白鹿寺为千年古寺，该寺方丈明良大和尚（虚云老和尚之徒孙、佛源老和尚弟子）道法高深，修为高僧，与我是二十多年好友。现传来《白鹿寺雪景图》，观后有感，遂作此诗。

（一）

道尽丰瑞千万情，寒不三衣护真身。

白鹿瀚雪纷纷落，风掣满天惊僧魂。

北风号怒送君去，片片吹入佛家门。

飞花穿庭增暮色，青竹琼枝钟鼓鸣。

农历戊戌年腊月十日

（二）

瑞雪喜丰兆豪情，红炉素裹白鹿僧。

钟鼓融通入罗汉，热茶暖手乐禅林。

岂知饥寒五色空，斟琼玉液视飞尘。

困倦衾枕冻手足，佛心慈悲祈乾坤。

农历戊戌年腊月十一日

迷 梦

江山世道醉华荣，床前月下伴孤魂。

梦惊变态任宰割，佛仙依令奔钱情。

百年千载辨善恶，万惧亿孽白骨精。

歪邪魔妖凌霸道，天堂地狱再相逢。

农历戊戌年腊月初十晨

挑妈妈

"出生前，我在天上挑妈妈。"你永远不知道，你的孩子有多爱你！读后惊心，有诗为证。

千恩万爱亿苦怜，闲看幼稚老始成。

离汝挥涕非得已，负职判司道德庭。

思骨疼肉无足论，童憨山前山后根。

种地育苗孰轻重，德高良教切躬行。

农历戊戌年十一月二十二日于鹅城

否极泰来听惊雷

叶落萧萧寒风催，红梅静静悠闲开。
九九严凝结冰花，阴伏阳长领春回。
围炉煮酒道夜话，襟怀已老掌中杯。
鬓雪须霜庭前坐，否极泰来听惊雷。

农历戊戌年十一月十六日于羊城

一笛鸣震村外山

听闻家乡邵东杨桥书院高铁站即将运营，故作此诗。

乡情缕缕怨天寒，书院星辰依稀单。
微信传递汪水路，日月昼夜杨桥站。
多少沉重相遥寄，深思惆怅泪沾衫。
古今余音绕尤在，一笛鸣震村外山。

农历戊戌年十一月初十

梦游三时入羊城

高铁驰骋絮蒙蒙，流光笙歌扬东风。
雁回沟坎变通途，群芳毕至始觉春。
书院宗祠将军墓，佘湖荫家醉田心。
灵官大云王夫之，一梦三时入羊城。

农历戊戌年腊月二十二日晨于鹅城

节俭积德厚道

节俭度日乐逍遥，荣华富贵似浮云。
积德厚道铸人格，人生自在如陀佛。

农历戊戌年腊月十六日于鹅城寓所

妙云轩

乳源云门山大觉禅寺妙云轩洁净祥光，慈善妙法，来起禅师传来掠影，心生喜欢，故作此诗。

晨曦辉映妙云轩，香烟缕袅沐神殿。
心灵万般绕金顶，信坛千秋漾无眠。
玉宇梵音渗肺腑，佛祖明瞳觅学玄。
鹅城禅音传今古，一声钵响归梦甜。

农历戊戌年腊月初五于惠州

味 道

瑞雪银装潇湘情，醉玲仙子踏歌声。
花飘素裹凝琼浆，逐云破雾傲苍穹。

农历戊戌年十一月二十四日于鹅城

清凌冷净澹洁浩冰

清幽苦怯愁残阳，凌寒孤傲独深凉。
冷悠闲静任风摆，净心眸明图自强。
淡然离言别媚姿，洁玉冰身送慈祥。
浩气尘落透暄妍，冰霜其外含暗香。

农历戊戌年腊月初八夜于鹅城

如痴似幻梦甘甜

星光月夜耀堂前，一灯照亮千万年。
绚烂媚姿万般爱，如痴似幻梦入甜。

农历己亥年正月初三晨

四季常驻万代春

大道至简无私神，抱怨嘴欠祸缠身。
莲清幽兰喻君子，梅瘦劲松高贵人。
石磨千年无倦态，凹凸纹理藏芳尘。
德厚慧智得富贵，四季常驻万代春。

农历己亥年正月初十于鹅城

颜枝俏·花自娇

瑶英冰雪颜枝俏，杜鹃深冻花自娇。
借问苍穹何所倚，数九寒天更妖娆。

农历戊戌年腊月初四于鹅城

莫烦去愁心安宁

己亥举杯邀行人，昨为破日影随身。
远离焦虑越自卑，醉酒时明醒更清。
途观豪车停路旁，堵塞大道悲无情。
云叹冷露湿芳草，莫烦去愁颂安宁。

农历己亥年正月初六于高速途中

佛庭增辉

水洗尘埃庭增辉，禅音绕耳漾名利。
心怀虔诚云门①客，阿弥陀佛颂华年。
迎新除旧祈福报，袅袅香烟飘乳源。
晴空万里无阻碍，恩德相聚续前缘。

农历己亥年正月初二

---

① 在粤北乳源瑶族自治县县城东北六千米的云门山下，有一座千年名刹，这便是佛教禅宗"云门宗"的发源地——云门山大觉禅寺。佛寺由文偃禅师创建于五代后唐。后唐庄宗同光元年（公元923年），时年六十岁的文偃经南汉王同意由原驻锡地灵树移庵，领众开创云门山，他"因高就远，审地为基"，创建梵宇，历经五年而告功竣。据《云门山志》记载，寺观建成之后，"闻风向道者，云来四表，拥锡衣止者，恒逾半千"。文偃禅师开示法语，立章传道，并在此创立"云门宗"。

奇峰秀山万重山

广武文英乐霞丹，双燕归巢入林禅。
慈航普度福众生，奇峰秀色万重山。

农历戊戌年腊月二十二日于长深高速途中

一念放下

山青水清净禅修，万般自在唯自由。
一灯除去千年暗，静心和畅红尘休。
凭栏南柯浮生梦，随波逐浪觅千寻。
万般智慧度时势，乾坤涵盖断众流①。

农历戊戌年腊月二十一日于鹅城

掠影欲断魂

海珠湖净覆鸟春，日丽和畅芳满城。
桃花碧叶风摆柳，波光微媚更含情。
莫惊枝头啼烟雨，忽觉鸳鸯水浴行。
不归燕子妖娆晚，爱民掠影欲夺魂。

农历己亥年正月初八夜于鹅城

---

① 指佛门泰斗、禅宗十三代云门宗主佛源老和尚，涵盖乾坤，截断众流，随波逐浪。

悠悠岁月眸倾情

羊城沙面旧时居，万惠家和畅和声。

国泰民安铭史鉴，悠悠岁月眸倾情。

农历己亥年正月初四傍晚

蒸水情

　　昌亮先生与端砚同乡，同生长在湘江源头之一的蒸水河畔。因事业所需昌亮先生常年奔波，春节临近出差在金陵（南京），并作《思乡》解思乡之苦。我步昌亮先生《思乡》韵作诗相赠。

腊月远涉步金陵，冰天雪海旋风行。

飘飘伶音千里外，三更回梦蒸水情。

农历戊戌年腊月十一日

新竹三首

（一）

南风吹拂情更初，嘉瑞配齐心怀书。

半盏土酒灯前举，三杯豪壮写桃符。

千门万户爆竹声，世泰嫌简莫言无。

骚客预知农家事，盆火烈轰守新竹。

农历己亥年正月初二夜

（二）

情初更致圣地情，配齐怀志诗韵书。
豪壮万丈写青史，骚客禅林入新竹。

农历乙亥年正月初二夜

（三）

年味正浓觅梦俏，开年薄酒乐遥逍。
文英广武①叠湘蜀，双燕敏逾智慧绕。

农历己亥年正月初二夜

浮云寒空雨无边

浮云寒空雨无边，人生春秋志巍然。
听命苦甘无敢拒，饱饥滋味在其间。
良心谓语知肺腑，道义利欲一具齐。
素风幽圃立门户，勇决抽身莫入迷。

农历戊戌年腊月十九日

寂寂幽幽

晨钟幽幽伴禅林，暮鼓寂寂空谷鸣。
无为静坐思己过，闭门残照忆孤鸿。
卧听萧萧寒风吹，闲步悠悠雨敲门。
围炉素茶邀僧侣，窃窃私语道神通。

农历戊戌年腊月初四于鹅城

① 指广武先生。

一笑朗朗度红尘

业障脾气闭五门，火怒气盛断慧根。
修得龟法缩头待，巧练忍功无遗恨。
恶语浪急干戈起，良言风静玉帛成。
壁立千寻思恩德，禅声万篇息雷霆。
乾坤明净珍日月，一笑朗朗度红尘。

农历戊戌年腊月二十七日于广州

与君共勉

家教严训家和睦，情累情困情多磨。
孝悌忠信尽忠责，礼义廉耻恪职守。

农历戊戌年腊月二十九日于深圳

雪海君恋君思梅

　　新春临近，各地梅花陆续开放，仅梁化之梅就吸引众多游客观赏，盛况空前，特发江南之梅赞之。健武兄常有摄影佳作，出版多部摄影著作，今步健武兄韵而作诗相赠。

超山灵峰西溪回，暗香浮动幽幽来。
邀蜂翩翩酿佳蜜，雪海君恋君思梅。

农历戊戌年腊月十一日

福禄寿喜德中求

己亥配齐万事幽，蒸水环抱向东流，
冬去春来堂前燕，相亲爱睦任畅游。
琴棋诗书谋大局，酸甜苦辣茶米油。
勤耕耘读传家业，福禄寿喜德中求。

农历己亥年正月十八日于鹅城

俏玉堂

东篱漫士先生才高八斗，学富五车，涵养超群。我曾经与东篱漫士先生食同桌、宿同眠、业同城、楼相对。见东篱漫士"玉堂春"掠影，故作此诗。

春到玉堂媚正妩，涓涓清香出幽谷。
东篱一掠红尘梦，蜂采甜蜜彩蝶舞。
惠风和畅祥云起，万顷俏情逍遥赋。
百花仙子迎宾客，文豪骚客入屠苏。

农历己亥年正月十八日于鹅城

良优快马再挥鞭

创新学校是家乡邵东名校，在高考学子百日冲刺之日，作此诗记之。

净化心灵正本源，清风明月映慧根。
山有木兮树有枝，妙语道法出自然。
勤耕苦读扬睿智，百日从容砺志贤。
创新桃李满天下，良优快马再挥鞭。

农历己亥年二月二十五日

志　远

观海听涛知鸟音，杆杆进洞抖精神。
千秋大业铸志远，鲲鹏展翅遨乾坤。

农历己亥年正月二十九日

高　人

春回深山藏金玉，民间探密隐高人。
无品怎知茶中味，有道心怀见乾坤。
身胸有穷亦有富，天下贤士东篱仁。
春潮带雨声声急，日落飞鸟愉黄昏。

农历己亥年二月初三

落花去水流东

日隐雾锁月沉沉，春雨沥沥滴滴声。
暮宵潇潇空知返，自顾晚睡难安宁。
可怜夜半哀音叫，细听野猫在闹春。
晨风摇摇催落花，江河滚滚流水东。

农历己亥年二月初二

阻断众流度慈船

半生云烟半尘缘，风吹波荡苦无边。
思绪有异悲愁曲，丛林禅音隐隐传。
覆雪寒冰封进退，春至消融处自然。
欲淫相随终败德，阻断众流度慈船。

己亥年二月初十晨于羊城

相思故乡

鸿雁南飞回雁峰，醉乐思恋盼乡情。
衡岳峰峦七十二，处处灵山铸忠丞。
不恋西湖风光秀，夙愿梦归此山中。
古今烽火英辈出，彪炳史册励来人。

农历乙未年正月二十七日于鹅城寓所

兄弟同风雨

鹅村惠州血脉连，同胞兄弟庆新年。
围炉举杯互敬酒，散席再把茶话喧。
五十余载共风雨，聚少离多盼团圆。
怡怡尽孝能报国，赤胆筋骨承云天。

农历丁酉年正月初六于鹅城寓所

八十顽童①

八十人生老寿星，勤劳节俭育后人。
历经沧桑不畏苦，心身康健儿孙敬。
王母祈福献蟠桃，天宫祝贺呈祥云。
八项规定不宴客，恭谢宾朋与亲友。

农历乙未年正月十八日晚于鹅城寓所

① 指已八十岁的父亲。父亲一生勤劳，为人忠厚、诚恳，育有儿女七人，开枝散叶，现已四世同堂共有儿孙辈三十六人。他身体强健，尚能上山打柴采药，上树修枝摘果，下地种菜种瓜，下水抓鱼摸虾，肩能挑，手能提，每年劳作创收超万元。他还教育儿孙诚实做人、遵纪守法、勤耕苦读。

星星望月

黄昏远眺欲望休，星星望月情意绕。
丁子①结果金桂香，同向春风不言愁。
清涧涓流润沃土，东江映霞入云楼。
煮茶论道闻禅音，对弈不觉到拂晓。

农历丙申年八月初一于鹅城寓所

九九思亲

晨读唐代杜枚《九日齐山登高》，思念八十五岁高龄的双亲，因家乡修建高铁，房屋被拆尚在修建中，慈母身体欠佳不能来穗敬养（母住大妹家中，慈父在穗），读诗思恩，有感而发。

鹏城晨思思绪飞，重阳敬老几人回？
尘世恩深须知报，六十端砚家难归。
八十五龄双亲在，不孝当下待何期？
古往今来情相依，莫等无时泪沾衣。

农历丙申年三月二十五日于鹏城

快乐人生

青菜两三根，素面小半碗。
健康伴终生，愉悦心开怀。

农历乙未年八月十七日于羊城

① 指丁香花。

老五兄情悄

冬去春来寿千秋，九五之尊有五九。
忠厚仁德成大道，岁月峥嵘功勋留。
沧桑岁月虽如梦，耕耘人生孺子牛。
解甲逸韵逍遥日，木屋洋房意何求。

农历丙申年四月二十一日

重阳大云情

重阳远眺上大云，路陡道曲仕途辛。
卑位何忧无知己，佳人花月相伴行。
春风涛声清梦远，霜降寒秋灶火情。
山中小酌自得乐，承晖日月蛟龙腾。

农历乙未年九月初九于大云山中

乡　情

寒冬又动归乡情，登山眺望枯草生。
碧山绿水不见家，唯有拂晓闻鸡鸣。
冻雨冲刷泥成灾，暮云尘埃遮日明。
身逐南来随雁归，古井尚存寸草心。

农历乙未年十月十六日晚于家中

自感祈福①

自感祈福天下同，雁峰人家走运鸿。
炉火纯青家兴旺，小康之家宴亲朋。

农历乙未年正月初七

探 梦

蒸水湘江相辉映，衡山脚下南雁归。
夜探华南大学府，几度风雨又重回。
客游校院经山月，明德园内藏玄机。
莘莘学子苦寻梦，凌云壮志龙门飞。

农历乙未年十月十八日夜于雁城

忆金兰②

金雁南归伴祥云，兰花清幽春满心。
纤纤弄巧潇潇雨，柔柔婉细袅袅情。
水东入流育湘江，石荷岭上有神灵③。
奇观弄琢寻寻觅，异事频传惊心魂。

农历乙未年于鹅城

---

① 衡阳县金兰镇大姐家，杀猪宰鸡，柴火饭菜，大姐烧火，姐夫备餐，内人洗菜，本人切菜掌厨，晚辈们嬉戏过年。大姐为我们七个兄弟姐妹之首，从小辛勤劳作耕耘胜过男丁，是我们兄弟姐妹的模范。其因家中贫困未进学堂，不识一字，现已六十四岁，结婚四十二年，与姐夫勤俭持家，从未争吵，育有双龙，三代同堂，小康之家，为感恩大姐为我们所做贡献，特作诗为大姐一家祈福！

② 金兰镇属衡阳辖下一个美丽乡村（我大姐家就在该镇），离邵东县水东江1.5千米。

③ 我两岁时生病，母亲将家中所有积蓄捐在石荷岭的寺庙里。2006年母亲重病住院时我携家里人到石荷岭寺庙祈福，母亲神奇病愈，在寺院功德碑上刻有我的名字。

宁建农①孝

宁静深夜难入眠，建功立言思当年。

农家书香硬汉子，孝动人间感九天。

少壮功夫称学霸，老小冰心笑世前。

学问得来谈何易，习时常新德为先。

农历丁酉年四月十五日

曾立梧②先师厚德仁

曾经沧海数度游，立地顶天争自由。

梧桐挺直观世事，先承儒学千古流。

师已往生寻乐道，厚忠诚信性温柔。

德冠乡邻多才艺，仁传万家金名留。

农历丙申年九月初二于鹅城

---

① 乡友宁建农，年近六十，当年是湖南大学学霸，二十六岁担任湖南省共青团团省委青年部长（正处级），因故辞职谋业。受其父儒学家、教育家宁同魁老先生教诲，品格高尚，其父病重时辞职在家四载侍奉左右尽孝道，其父往生后又为其整理多部著作出版传世，确为我之模范。

② 曾立梧先生为我的同乡，才冠乡里，是我幼年仰慕的先生，现其已仙逝十七周年，作诗为祭。

傻子泪

　　一年一度的高考到了，感慨良多，现集三十多年学习、工作、讲学的体会作诗一首。

代代学子觅书香，人间劫后寻路忙。
祖宗基业千秋在，多少人家泣断肠。
风波难平醉难醒，哭动阴阳两茫茫。
无知童子何处去，凝望烟雨泪几行。

农历丙申年五月初十晚

悼念大小姐

陌上莺啼香草熏，瑶池众仙列班迎。
庙山村里传噩耗，曾府痛失老寿星。
心善意慈育儿女，德美容量左右邻。
沧海泣尽珠有泪，人间再添离别情。

农历丙申年四月二十三日晨

翰田文化张氏宗祠

翰林紫气绕广场，田村户户生辉煌。
文德武赫传家馨，化育凤麟书声朗。
张灯结彩祥云起，氏族殿阁咏华章。
宗祖肇基根固深，祠堂瑞福祈永昌。

农历丙申年十一月二十八日于汕尾陆丰

员外郎

少小离家四十年，苦读勤学夜不眠。
雾都铸剑励壮志，投笔从戎写人生。
虽有小功无大勋，成家立业德为先。
五十五载再创业，解甲农桑好归田。

农历乙未年八月初九解甲归田前作

涛声依旧

涛声依旧梦幻真，少年音容壮志存。
恩师教诲多感悟，学成南北东西奔。
不误青春莫等闲，托寄心语砥砺行。
万般忙碌千重爱，华发满头返故乡。

农历丁酉年三月二十六日夜于鹏城寓所

恰同学少年二首

（一）

苍茫云海天地间，师励弟子举红旗。
勤学苦读加拼搏，千锤百炼不敢闲。
常忆恩师泪如雨，再侍左右已无缘。
天堂极乐列仙班，遥窥正殿有广寒。

农历乙丑年二月二十日

（二）

三十八载弹指间，少哥瞬变华发年。
曾逐湘江激流水①，壮志凌云莫等闲。

农历乙丑年二月十八日晨于广州居所

石泉紫砂大师壶神

石作灵魂心为笔，泉水点墨似龙飞。
紫气东来入羊城，砂国宜兴增新辉。
大度临风意万重，师画浮云又夺魁。
壶中天地玄机在，神仙相遇也痴迷。

农历甲午年十月十二日晚于鹅城寓所

① 母校邵东十二中坐落在湘江河畔，闲暇时常与同学到河中戏水、游泳。

曾红卫猛

曾经沧海觅知音，红星闪闪耀宇琼。
卫冕首创造银河，猛林深处藏英雄。

农历甲午年十月十三日晚于鹅城寓所

蕉情人生

冬去春尽初夏情，米蕉两托径西村。
神道有灵民不欺，老妪七旬送温馨。
世间万事无永康，正道沧桑眼底明。
萧萧东西途滩险，醉梦人间在田园。

农历丙申年四月十九日于鹅城寓所

腊八情

天地相映运星辰，闲暇逍遥论古今。
腊八风光无新旧，粥香酒肉进豪门。
欲纵逛饮达宵醉，唯恐伤心再损身。
稽首慈悲当今佛，祛病免灾祈苍穹。

农历丙申年十月初八

猴年人日祝福

盈盈脉脉意绵绵，鲜花锦簇贺新年。

卷帷远眺思娇女，万里飞雁捷报传。

异乡夜遥迢迢路，宇宙弥漫爱满天。

如山似海情不老，心中月圆有奇缘。

农历丙申年八月初七夜于穗家中

月亮湖

纤云悠悠月亮湖，如诗如画如仙姑。

凌凌香波沐胴体，袅袅晨雾裹肌肤。

明眸皓齿迎宾朋，玉树临风藏傲骨。

若是天庭无戒律，岂容清白示凡夫。

农历甲午年十月十三日于鹅城寓所

相思大云山

大云春归遍新枝，偕隐名山惹相思。

峰约盟誓携白头，涓涓细流吟小诗。

堂堂蒸水村前过，滔滔湘江莫延迟。

轻纱薄雾风月在，金兰花开正逢时。

农历丙申年清明节于大云山

贺兄弟履新

云开日出九重霄，吉祥如意更上楼。
自强不息踌壮志，恰似鸿声万里遥。

乙未年初秋于鹅城寓所

秀芬大师①

秀惠春心真功夫，芬芳凝聚藏玉壶。
大赛群英邀仙女，师洁灵毓悠然赋。

农历丁酉年四月十七日

送欧阳东入闽行

闰月初秋暂转冷，偷闲时送欧阳东。
长城相聚三十载，京城一纸调令行。
单刀独身履闽职，云天似雾笔无情。
华灯盛宴杯莫贪，本朝商宝乱耕耘。

农历丁酉年闰六月二十二日

---

① 指杨秀芬，紫砂大师，天生灵毓，为人谦和，心灵手巧，端庄秀丽。作品曾多次获大奖并被国家收藏及被指定为国礼。作者承紫砂鉴赏家、收藏艺术家许爱民老师介绍与杨秀芬大师相识。作者同杨大师两家在宜兴、广州多次相聚，情谊深厚，欣喜大师又获大奖。

盼

东江泱泱云沉苍，师已驾鹤归天堂。

墨留人间情无限，丹青豪雄黄延桐。

农历丁酉年六月二十一日

紫砂情缘

大师①勤出马，心路人通达。

缔结情怀缘，誉满传天下。

艺高气势壮，彰显梦紫砂。

精妙绝伦秀，品质人人夸。

农历丁酉年七月二十日

春晖②龙腾

春华秋实硕果香，晖光璀璨现瑞祥。

龙行四海勤创业，腾飞铸志旺东江。

农历乙未年八月二十日

---

① 指紫砂大师杨秀芬。

② "春晖"，一个生机勃勃的名字，刘龙涛先生是"春晖"的创始人。20世纪80年代初只有初中文化的他拖家带口来到惠州谋生，靠勤劳、勤奋、诚信、诚实立足。如今六十有余的龙涛先生儿孙满堂、事业有成，上孝敬八十多岁母亲，下带领子女们继续创业，从事园林绿化工程、苗木、果园等产业，新投年产5万吨葡萄酒厂，令人敬佩。

哲理品人生

悲乐黑白空茫茫，得失兼容任喜欢。

赚来时日心头静，圈里楼阁著文章。

养怡咏歌铸壮志，自缘天成吟诗狂。

清静无为淡然处，浮云遮暇闲中忙。

农历戊戌年三月十一日

大云山恋

层层峰峦万山红，潺潺溪水恋大云。

涓涓清流成湘江，滴滴乳汁育英雄。

石板路上担日月，风雨相伴觅前程。

云卷云舒风云淡，读史读哲多读经。

农历乙未年八月二十五日晨

五十九周岁感怀

冬去春来夏接秋，浮生浪迹信天游。

漫行宽窄高低路，闲荡短长大小舟。

利禄功名皆舍弃，忠厚仁德尽存留。

莫嫌时日归平淡，夕照桑榆逸韵稠。

2016年5月27日

吾女长成

吉日紫气呈祥云，天庭仙子下凡尘。
五羊圣地降龙女，穗城帅府宴亲朋。
张家村里飘瑞香，慈母怀中育灵童。
长成恰似玲珑玉，万山浓绿一点红。
勤学苦练砺利剑，奋蹄加鞭奔前程。

2007年9月2日

卜算子·情有归

情缘小牛归，春风伴虎啸。
夜半恰逢情人约，双双一并到。
短信如雪飞，条条传情报。
富贵吉祥送祝福，安康更需要。

2010年2月

贾母进京

回雁峰下雁回峰，燕子含泥到京城。
贾母育神世双舞，火木化作为灰烬。

2010年5月20日

沈阳同行老友

北国正冬寒，天涯路漫漫。
日出呈吉意，重逢翘首盼。

2010年2月21日

回湖南长沙

（一）列车上有感

飞驰的火车，喜乐的金秋，奔腾的思绪，
往昔的回味，秋至叶微黄，玉露沾衣裳。
村姑抬头望，农夫田野忙，老翁露喜色，
幼童戏谷场，遍地黄金果，喜乐收满仓。
丰收景象，袅袅炊烟人人爱，而我更爱秋后果！

（二）三五七言

清风吹，月舒展。
纤云秋意绵，洞庭连九嶷。
游子远征归故里，夜闻轻歌伴入眠。

（三）橘子洲夜话

杜甫阁前史悠悠，一江湘水向北流。
橘子洲头忆岁月，曼妙焰火添锦绣。

2010年10月22日 于湖南

清明寄怀

乡间青青雨纷纷，泥路难行草蓬蓬。
思念茫然依稀梦，泪泣契亲情深深。
谁怜含悲无儿女，肺腑恩德胜双亲。
默默烛帛燃孝心，凄凄跪叩祭双茔。

农历戊戌年二月二十一日赴清远乡村回穗作

月上门楣三首

（一）

月圆瞬间思绪绵，缠缠记忆洒童年。
悲欢酸甜泪与苦，悠扬夜曲泓清泉。
乡路承载挑日月，衣衫褴褛野草边。
追逐笑意盈盈风，夜深游子立窗前。

（二）

屋檐袅袅炊烟绵，月爬家中挂门楣。
慈母端坐房中椅，严父劳累夜无眠。
微眯双眼觅思绪，云卷云舒瓦蓝天。
深邃目光寻故旧，一缕微云清心间。

（三）

溪水放歌灯茫茫，清风揭夜月如盘。

农家日子真梦在，双亲盼儿铸辉煌。

微弱烛明孩旁坐，思念跳跃诗成行。

一路尘土游子归，山峰青翠话沧桑。

农历戊戌年正月十六日于湘邵东县水东镇庙山张家屋（鹅堂）

酣畅一醉

昨夜清风明月光，柔情似水满心房。

浊酒三杯壮胸胆，酣畅一醉又何妨！

农历庚子年四月十八日夜于心居

荡漾青春

荡胸浮云烬成灰，漾心鸿雁去归来。

青山永驻松不老，春风和畅山花开。

农历庚子年四月二十三日夜于心居

锋芒峥嵘万事空

波涛逐浪六十春，半成半落已成翁。

闲暇茶禅诗书酒，寂寞临窗啸晚风。

心累笔底走文字，疲惫月夜眺苍穹。

喜怒哀乐薄情寡，锋芒峥嵘万事空。

农历庚子年四月初四夜

良药苦口

千年国粹任纵横，万载传承慈善心。

珍惜情话载史册，一剂良方跨时空。

甘露和畅通六腑，柔肠脉络抖精神。

浩气岁月平心肺，清香犹爱有缘人。

农历庚子年闰四月十一日夜于心居

烈烈浩气

世路雨霏路难行，伤神劳力愁煞人。

顿觉彻悟心尽宽，撑过激流抖精神。

莫问小节成大道，凉热风流宇宙同。

问道苍穹重几许，烈烈浩气贯长空。

农历庚子年闰四月初九夜，改于初十晨

岁月波澜

琴棋书画该为情，茶酒烟雨伴君行。
即席离开终残酷，皆未遂虚亘古心。

农历庚子年闰四月十四日（芒种）夜于心居

来世仙岛再同行

琉璃小杯醉朦胧，滴滴入怀超群雄。
当年豪气壮万丈，龙凤罗帏诉衷情。
皓齿红唇脂凝香，细腰丰腴溢青春。
问君三万六千日，尚离蓬莱几里程。
今生恩怨已退去，来世仙岛再同行。

农历庚子年闰四月十七日夜于心居

苦锁愁云

冻雨凄风霰疏疏，冷暖自知心内苦。
阡陌巷深数十载，二十俊华离帝都。
日夜犹梦未清醒，残破多情相折挫。
暮云病绪缭绕身，夜半独坐在斋堂。

农历庚子年闰四月十八日夜于心居

常留香

缘浅情深几许愁，嗫瑟孤傲几时休？
人生路漫修其远，年少轻狂战方酬。
六十弹指如风吹，花甲鬓霜奈何求。
余年犹如残荷在，碾碎更觉香常留。

农历庚子年闰四月二十五日晚于心居

中元祈祷

天地冥界该有缘，寂寂观寺①拜陀仙。
孟兰古意幽灵渡，祈祷焚香敬中元。
袅袅烟雨瑶台月，太虚缥缈夜清闲。
云碧玉宫风光好，游荡鬼魂乐开颜。

农历丁酉年中元节

倦鸟归

洗面荡心倦鸟归，冠正洁身无尘灰。
恭敬拣择人生路，不恋华贵入艰微。
始行大道莫迷局，自登智慧弟子规。
明训思危向日月，清凉面壁生光辉。

农历丁酉年七月十一日于羊城

随波逐浪扬帆远

随波逐浪扬帆远，共沾法雨渡海天。
慈航彼岸勤持护，千秋功德日月灯。
云门古刹遗风在，香花万朵恩泽深。
佛法惠施满南北，钟鼓梵音泪沾襟。

农历丁酉年正月三十日

① 观寺，指道观、寺庙。

觉 悟

云门精神承唐风，大觉禅寺传法深。
欲悟佛道心歇处，静读真语万事空。

农历丁酉年正月二十九日于羊城

山岭寄怀

桃梅竞开杏花红，世事如棋黑白分。
独坐山间忆今古，蒙蒙空岭思人生。
静观风尘云和露，知己难求同路行。
无欲则刚茶禅度，书画诗酒醉乾坤。

农历丙申年腊月十三日

寒夜独步

清夜淡淡寂静声，长空冷月待行人。
寒冬落尽枝无绿，自恨寻花不了情。
如今狼藉任风摆，泽梦凤凰落梧桐。
园主光环已故去，春来再战抖精神。

农历丙申年十二月初一

晓元美仙

晓云莽山雾缭绕，元元星空丝丝柔。
美景浩瀚惊幽谷，仙子情深怀中流。

农历丙申年九月初四于鹅城

秋夜禅音

秋夜凉风进万家，静听禅音生莲花。
朦胧月色万般香，悠悠清雅无浮华。
梦里呼唤千滴泪，醒时寻思她如画。
莫染尘埃心见佛，淡淡期盼走天涯。

农历丙申年八月二十四日于鹅城寓所

烟雨天地间

无禄端砚忆去年，茫茫聚散烟雨期。
红尘福祸人生路，征途欢乐天地间。

农历丙申年八月二十三日于鹅城

正觉禅寺①奠基

湘南粤北山东平，芸芸信众苦觅寻。

隐林弘法布佛道，禅学慧德沩仰兴。

慈悲济世彰天地，光昭日月利众生。

峰巅一指祥云渡，大彻大悟耀古今。

农历乙未年十月二十日于韶关乳源东平山

月圆祈福

明月禅心照瑞祥，清风硕果稻粱香。

十五祈福贺中秋，心佛慈恩最吉祥！

农历乙未年中秋夜

灵塔增辉

青云悠悠禅声声，秋色罗松迎宾朋。

碧山峰峦开一掌，鬼斧神工现玲珑。

碾雕白玉映朝霞，栽种莲花度众生。

曲径通幽成佛道，妙音播散荡凡尘。

农历乙未年八月初七夜

① 正觉禅寺位于湘之南、粤之北的广东乳源洛阳镇东平山。该寺寺形为"五马归巢"，原为建于唐代的古寺（沩仰宗），后湮灭，隐于山林。芸芸信众苦苦寻觅得重建，并于佳日举行隆重奠基仪式。

生灵施救

千年老龟莫兜售，益人灵性应施救。
汝明智慧已养育，功在当下利万秋。
切将善心发继续，放归自然万古流。
慈悲惠忠佑宇宙，芸芸众生天地秀。

农历乙未年九月初十夜

禅茶恋情

感悟禅茶恋有情，人生处处呈春风。
普洱越陈香更透，佛教勤学心理明。
端砚本是深山石，开拓雕琢去凡尘。
强身健体凉静心，富华荣辱是浮云。

农历乙未年二月初六于鹅城寓所

白云山仙乐

方子歌唱有灵性，天籁婉转传心声。
嫦娥本应月上有，犹如天庭降女仙。

农历甲午年正月十七日

静夜思

寒风夜深催人眠，一盏孤灯照床前。
幽梦无凭戏痴汉，尚留微命诗与僧。
时忆高德苏曼殊，更有虚云与弘一。
禅宗律戒均佛心，江湖风雨活神仙。

农历甲午年十月十一日于鹅城寓所

答友人此景何处

仙境在心，美妙于情。
寺院观梅，僧庶同行。
多善除恶，慧眼自明。
凡夫樵子，愉悦终生。

农历甲午年正月初十于鹅城寓所

赴云门

寅时钟声奏早晨，初春怀恩难入眠。
香花暗恋情依依，禅修再度步云门。
时光蹉跎岁月催，莫等头白再发心。
身闲置处无牵挂，智慧共沾享精神。

农历丁酉年二月初七

万千沧桑励后人

师已往生法传承，一生修禅信仰真。
历险凡间悲与苦，心坚意固佛道诚。
人间高僧功德在，天堂灵光耀乾坤。
十方翘首仰恩泽，万千沧桑励后人。

农历丁酉年二月初二于鹏城

夏热有感

春末夏来消暑到，沁沽静心茶为宝。
佛门逍遥念阿弥，明定明芳领风骚。

2008年6月30日夜于汕尾

云中求，雨中见

（一）

端阳一日过，风雨两重围。
情到花溅泪，恨时鸟惊飞。
才子风流韵，远女苦相逼。
误去急复返，回来更芳菲。
卿为有知女，何不明是非？

2007年9月于汕尾

（二）

憧憬人间美，仙子下凡尘。

农家凡夫子，苦读跳龙门。

寒窗十年过，缘遇五羊城。

雨中两相见，姻定终身情。

2008年5月于汕尾

（三）

天渐明，睡意浓，昨夜难入眠。

十八载，思欲浓，孤灯伴夜枕。

残月照，孤独影，何处是前程？

缕缕思，挥不尽，几许忧伤情？

秋已至，霜叶红，残叶落纷纷。

今宵夜，中秋近，凝聚独前行。

几多愁？几多顺？昂首问苍穹！

2008年8月于汕尾

（四）

初秋落叶初黄黄，心如神马意心欢。

人生几多不平事，唯有知己似水长。

2008年9月于汕尾

悼佛缘

（一）

风吼温降雨绵绵，千千陀仙聚乳源。
人间惊慌失恩师，宇宙雾沉悼佛源。
病魔入侵千余日，华佗再造已枉然。
云门宗主驾鹤去，大觉禅寺万万年。

2002年5月1日

（二）

禅宗道场忙，空巷悼法王。
毕生弘佛事，云门众仰望。
慧智播大德，功成刹那亡。
追思悼恩惠，风范永流芳。

2002年6月5日

（三）

十五紫气呈祥云，天庭仙子下凡尘。
五羊圣地遇灵女，万山浓绿一点红。
时人称颂碧霄月，夜半皎洁最分明。
吴刚酿纯桂花液，艺貌美人人间少。

2003年5月4日

（四）

冬去春来百花笑，池旁河边柳叶头。
真情实意世间有，恨痛人间难白头。

2009年5月5日

行善积德

慈祥心镜朗，妙瑞智珠圆。
慧照诸缘满，甘露涵大春。
般若承春雨，虔诚有善行。
万福归汝真，诸愿乐融融！

2010年1月于汕尾

大工佛缘老和尚

（一）

元元忆老翁，入世怀妙心。
勤学苦修炼，善果播乾坤。
终生明佛道，往生成陀仙。
绵绵微雨至，河山歌颂恩。

云门寺师佛缘往生周年纪念日晨

（二）

心静智高慈深深，仁爱包容万物情。
耳顺人生沁古旺，定芳缘佛自然萌。
三生有幸同携手，高朋相聚品香茗。
厚德载物传美誉，善陀奔腾驰乾坤。

2010年晨于广州

离欲自在

世人多欲方为苦，生死疲劳皆因此。
放下贪求系缚离，身心自在逍遥舞。

2017年9月16日

阳台依梦万重山

十磨九琢莫畏难，横空出世风雨撼。
芳容娇姿逾千年，凤冠霞帔暮云淡。
宇宙人间情为伴，雄姿妖娆不言残。
百花缭萎石惊天，阳台遗梦万重山。

农历己亥年正月初十"石磨节"于鹅城

阳光龙门荡沁心

恬美黄花绿叶稠，瑶山千村瑞丰收。

疏疏小径承日月，蝶飞蜂舞梦千寻。

万亩田净芳竞开，惠风和畅气象新。

客如云集财似涌，阳光龙门荡沁心。

农历己亥年三月于龙门

淡泊名利不惧艰

不忘初心志依然，一十七载德行先。

披肝沥胆倾国情，扶贫舍己赴藏边。

细花处处结硕果，酸辣苦困谈笑间。

为民请命度红尘，淡泊名利不惧艰。

农历己亥年十二月于云门

自　省

心贪嫉妒抱怨恨，内含毒害口谗言。

蜚语诽谤无悔心，十恶随身毁善根。

农历己亥年九月初四晨于鹅城寓所

盼复兴

远眺时空去匆匆，嗟叹光阴梦归程。

苍山巍巍立天地，风雨惊雷傲险峰。

逐梦苍穹不解语，揉碎私情为苍生。

舍己亘古千万年，云端寄锦唤复兴。

农历己亥年九月初四于鹅城寓所

梦倚楠

天资精华欲掩难，一字雅趣岂非凡。

瑕不掩瑜真睿智，种子影自代承传。

涓涓细流流不息，缘缘相连连自圆。

一片赤诚童心智，半轮兴衰更有残。

东江秋上闻笛声，楼头红袖梦倚楠。

农历己亥年九月初六中午于鹅城寓所

春穆清秋日月满州

景和青山如春穆，几番风雨洗清秋。

黑发白鬓织日月，千圃万园月满州。

农历己亥年九月初六夜于鹅城寓所

龙门逍遥自在

传说黄河鲤鱼跳过龙门就会化成龙，今日龙门山清水秀、人杰地灵，人民安居乐业，经济发展日新月异，龙门厚积薄发，故作此诗。

青山映翠碧绿柔，入地天水道风流。
南来北往寻梦客，热汤舒经胜天游。
来伴凡鱼觅医道，去时神抖赛仙遥。
长空一啸七十载，复兴奋蹄震神州。

农历己亥年九月初七上午于鹅城寓所

复兴颂

秋云纤纤杨柳青，鱼家姑娘水乡情。
商女今非昨日恋，水畔笙歌颂复兴。

农历己亥年九月初七晚于鹅城寓所

烛容燃烬始成灰

纤云玉手目有泪，枝条秋风红尘绝。
梅花含苞待一曲，星照滨舟半春夜。
入室锦帐无言语，求贤访逐情更切。
可怜苍生信鬼神，老屋断墙花无开。
出门却嫌鬓发白，烛容燃烬终成灰。

农历己亥年九月初八于鹅城寓所

调转船头重返十九

闲云野鹤骚客情，学子戎装再务农。
蒸水河畔立远志，东江调船再冲锋。

农历己亥年九月初九于鹅城寓所

相忘于江湖

秋风落叶化成泥，野草闲花尽枯萎。
相濡以沫凄美诗，相忘江湖泣漓漓。

农历己亥年九月十二日下午于心居

御甲悠然

秋满篱笆根移园，逍遥开尽更无稀。
明月独辞离恨苦，心愁断肠破正奇。
冷淡寒遇水阔处，繁锦彩笺寄愁烟。
趣味幽香阵阵透，御甲悠然碧罗衣。

农历己亥年九月十五日晨于心居

离欲自在

高风亮节桃李飞，嘉陵长江雾都奇。

九十华诞好儿女，桑田变更舞翩跹。

寄希红颜岁岁盛，托望壮志美少年。

轻歌曼舞禄锦绣，复兴华夏再加鞭。

弄潮经冬复日月，楼阁宇宙铸神仙。

九月飞鸿含碧玉，艳阳重庆万里天。

农历己亥年九月十五日下午于心居

备

不求面见唯通灵，苏城定慧朝来圣。

满世情简不嫌虚，忙朝碌暮师果林。

精修劈破太空静，掩却俱全万象情。

南海观音坐道场，水月春山碧青青。

寥寥天地漾虚幻，遥遥祈望乐苍穹。

农历己亥年九月十八日上午于心居

小小石头

嵯峨巍巍万山灵，势若袅袅醉成空。

重叠依依生云雾，末秋瑟瑟通阴晴。

欲知风雨先生异，等水磨刀砺沉沉。

天姿为异岂造物，期盼伴守叹苍穹。

神鸟精卫填大海，民谣神韵一清泓。

时节华秋追梦逝，小小石头更深情。

农历己亥年九月十九日于心居

取精离舍

自将磨洗剑出鞘，取精离舍断前朝。

绕篱日出偏爱菊，寻芳蒸水太平桥。

平地风光无限好，志归田园任逍遥。

大云诗意随水东，引经据典入碧霄。

农历己亥年九月二十一日上午于心居

难　言

俱怀壮志逸杰飞，欲辨无言忘真意。

繁花落尽歌一曲，烦愁万里送秋雁。

农历己亥年九月二十四日夜于鹅城

懂

夜半残静风雨中，可怜九月独秋红。

云露如珠月似钩，相处无常离别情。

农历己亥年九月二十五日夜于海口

远志如虹

书生鬓白如秋云，好天良夜满星空。

晚来明月照清香，野渡无人再道情。

鸳鸯戏水寄相思，鸿雁频飞有传人。

楼上欲望休此曲，远志归途势如虹。

农历己亥年九月二十七日夜于心居

残塔听风

深秋重霄落万霞，片片飞来吻眼颊。

听风诗心何所依，自古骚人多乱花。

明光清清如止水，朝露晶莹自芳华。

人静苦觅颜如玉，闲书孤灯伴残塔。

农历己亥年九月二十九日晨于心居

古巷寻胜

姑苏寒山秋风爽，古巷小桥似故乡。
山塘河畔思风月，愿得此生幽梦长。

农历己亥年九月二十九日夜于心居

相思醉

袅袅霜叶秋风催，梢梢木枝月徘徊。
应照离人春秋梦，可怜无定空疑悔。
相思赋予忆当年，十指纤纤弹指挥。
昨夜风寒今犹在，寄希圣望托人醉。

农历己亥年十月初四夜于心居

视古怡情冠自修

历代成规如谨守，推陈出新三千首。
改辞易面何无耻，视古怡情冠自修。

农历己亥年六月十三日晨

浊酒消愁

半身戎装一秋衣，悠闲自在东江边。

秋风百草干枯死，河山万里带寒意。

不念浮尘悠悠愁，养心独处无是非。

莫受凡俗红尘苦，浊酒随身消愁眉。

农历己亥年十月初五于东江岸边

赞圣鹏①

南征北战又西南，才高圣鹏冲霄汉。

远志超群入地产，学贯中西普阳光。

农历己亥年十月初五上午于鹅城寓所

情满仓

枯木逢秋石敢当，病树前头春满堂。

久旱喜雨万花开，硕果满枝情满仓。

农历己亥年十月初四夜于鹅城寓所

---

① 圣鹏即吴圣鹏先生，地产介绍人，在多家著名地产企业任总裁。毕业于重庆建筑工程学院（今重庆大学建筑城规学院），是作者的师弟。

忠肝义胆

时有歌谣宝牦扬，头顶烈日与刀枪。

眼眸四方铁踏痕，身陷生死不屈挠。

霸蛮能吃苦中苦，匪气十足强中强。

尾摆长江掀海浪，忠肝义胆藏忠良。

农历己亥年十月初五日傍晚于鹅城寓所

放　弃

凤凰齐飞必俊鸟，虎狼同行是猛兽。

豁达面对超俗凡，宁静净土是故乡。

农历己亥年十月初六早于鹅城寓所

来见你

露冷霜雪依太真，叶落为泥去风尘。

雍容韵味谁怜落，玉骨冰肌撒黄金。

小苦微甘银杏果，头白经筵菩萨心。

行路一笑怀慈悲，所重以其诚可珍。

诗贫且远嗟岁月，采掇封包报殷勤。

农历己亥年十月初六晨于鹅城寓所

男人泪

身躯凛凛泪盈眶，相貌堂堂体鳞伤。
双目炯炯黑眉俊，胸脯横阔目寒光。
轩昂凌云吐千尺，志气雄胆撼云端。
遥遥高山独其醉，巍巍笑傲江湖荡。

农历己亥年十月初八下午于鹅城

沽取千斛伴圣贤

悠悠迷迷醉未归，酒中情深莫相违。
醒时回味寻常债，人生入秋古来稀。
夜阑风静皆寂寞，文人骚客风声疾。
自古心明多磨难，沽取千斛伴圣贤。

农历己亥年十月初九晨于鹅城寓所

蟾宫折桂金榜台

一族八庭绽春蕾，桃李天下万花开。
园丁满腹圣贤书，法道培正栋梁材。
华夏芳菲结硕果，香飘五湖惊四海。
复兴征途芳菲路，蟾宫折桂金榜台。

农历己亥年十月初十晨于鹅城寓所

藏金娇

倚天看海花无数，流水高山心自知。

骚客情深痴迷路，珠江新城度春秋。

海棠不辞胭脂色，独立蒙蒙烟雨桥。

时常欢喜闺阁事，日夜沉沉藏金娇。

农历己亥年十月十一日下午于鹅城寓所

夜听冬至

冬至冰霜冷飕飕，落叶纷纷满阶头。

寒风劲吹声絮泣，夜梦飞鸿入云霄。

当年清晰忙旧事，雨墨青荷已枯凋。

夜听尘封破束缚，一泻千里天际流。

农历己亥年十月十一日于鹅城寓所

采石补天

诗妙寄情禅外求，暮近鬓白碧云流。

如今未尝成希望，能酒喜肉谒诸侯。

挂榜山前梦皆近，题名金榜志未酬。

敢言悟空情更切，采石补天写春秋。

农历己亥年十月十二日晨于心居

冬眺云台

冬眺云台情悠悠，姹紫嫣红似春秋。
微风拂煦寄希望，涓涓清幽水长流。
秋去寒来春己近，蓄蕾储蕊正含羞。
莫贪苏杭景色美，南粤更胜千百筹。

农历己亥年十月十三日夜于心居

一束晓光

冬寒晨曲烟雨愁，明月不谙恨深秋。
冬至春近尺尺路，一束晓光暖心流。

农历己亥年十月十四日晨于心居

勤耕耘

夜深微寒静思贤，风凉萧瑟催衣添。
时光静好岁月暖，明月星辰无是非。
精诚祈福寄希望，征途奋蹄载情激。
慎盼水满溪头绿，备良储种勤耕耘。

农历己亥年十月十五日下午于心居

惜缘相遇

薄雾纤纤去匆匆，乱云无数仍从容。

红叶飞与君相遇，多少苦涩伴泪痕。

悄悄凭栏凝旭光，茫茫烟水东江情。

万恨千仇催人老，惜缘莫负四季青。

农历己亥年十月十六日晨于心居

重情缘

海枯石烂重情缘，幽恨相思云纤纤。

流年数度无端误，明月清风难入眠。

农历己亥年十月十六日上午于高速路上

驰广州

晨曦出城慢悠悠，凉风吹拂瑟萧萧。

一曲落叶霜满天，缘聚缘散催人愁。

昨日欧阳返羊城，拳拳赤心志远酬。

故人离别满三载，相逢一聚乐千秋。

人生大笑能几回，苦短何须顾一忧。

滴滴公交与地铁，踏实悌心驰广州。

农历己亥年十月十六日晨于鹅城寓所

努 力

红尘蜂蝶冬入眠，寒风吹落花成泥。

陌上相逢缘未了，浮生不复再少年。

农历己亥年十月十六日夜于心居

糊涂平安

一碗菜羹无面米，糊涂杂粮顶一天。

春夏秋冬四季餐，善慈温良好身体。

洁静灵魂安深处，度人度心度自己。

接纳包容事无忧，快乐人生乐安眠。

农历己亥年十月十九日晨于心居

余生情仇终成灰

冬来寒冷风声哀，月照残枝已半衰。

歌声击破沉沉夜，此兴悠悠酒一杯。

人生安好待春秋，离散勿扰莫徘徊。

陌上花开前尘去，余生情仇终成灰。

农历己亥年十月十六日夜于心居

红尘客栈通四海

一朝沦陷万年别，三生逢缘度慈悲。
莫愁天涯无芳草，红尘客栈通四海。

农历己亥年十月十七日晚于心居

爱一个梦

独倚破窗残灯明，命里虚度度凡尘。
今夕寒冷闲中望，可怜无影又无踪。
山重水复无鸿雁，浩浩狂风送虚空。
因病相思魂颠倒，唯有泪痕不梦君。

农历己亥年十月二十二日晚于心居

白芳礼赞①

寒冬烈日天无情，不为衣食蹬三轮。
垃圾堆中寻穿戴，破衫烂鞋裹心身。
九十余载风和雨，无间不隙纯粹真。
尸位素餐腐肉臭，衬托几多无脸人。

农历己亥年十月二十四日夜于心居

———————
① 白芳礼老人逝世的时候已经九十三岁了，他从七十四岁开始至九十高龄，不曾有一天在家中颐养天年。他走街串巷，靠蹬三轮车攒钱。而这一切，只是为了让上不起学的孩子们可以在教室里上课。

本事诗

乌舍凌波肌似雪，亲持红叶索题诗。
还卿一钵无情泪，恨不相逢未剃时。

农历己亥年六月十三日晨

再战三十年

炊烟纤袅伴晨曦，夜寒静悠思人生。
灵魂无愧问苍穹，扬鞭再战三十年。

农历己亥年十月二十六日于心居

傲苍穹

蓬莱仙客聚华庭，湖湘五虎进翰林。
一啸九天入碧霄，帷幄青云傲苍穹。

农历己亥年十月二十六日下午于心居

笑天坛

风冷寂夜月半残，孤灯碎光照栏杆。

狂饮千斛醉相思，挥墨点点伤肠肝。

吟诗提笔万滴泪，丹心大觉不二禅。

君漠扬尘和谐路，无语唏嘘笑天坛。

农历己亥年十月二十七日晨于心居

慧质万千宠一人

冬寒鬓霜夜沉沉，久病思归绝自尘。

暮年心若诗韵苦，残云败叶莫怨君。

余生挥墨数滴泪，仰望星空不了情。

不闻窗外曾缚虎，慧质万千宠一人。

农历己亥年十月二十七日夜于心居

淡雅幽静续真诚

风吹雨潇穿丛林，芳草暮色万事空。

漠漠白鹭无归处，寂寂黄鹂松下情。

清斋野鹤回眸处，纤素闲云步浮尘。

道别珍重香一炷，夜梦肠断泪湿襟。

人到薄情无悔恨，淡雅幽静续真诚。

农历己亥年十月二十八日夜于心居

志宏磨炼踏征程

日夜风霜倦鸟尽，孤寂香烛燃作烬。
物是人非事已休，复始春夏与秋冬。
鸿雁北去恐冰雪，欲语泪流已先淋。
从此无心温旧事，志宏磨炼踏征程。

农历己亥年十一月初二于心居

今非昔日

尘中流浪旦暮鸣，忧思拜别迎新情。
行辞帝都别旧恋，气盛志远豪干云。
三十七载白发生，对镜理装泪已盈。
蓬鬓颜衰似老翁，憔悴今非昔日容。

农历己亥年十一月初三日夜于鹅城寓所

情中天

诗中有画恋万千，画恋万千云纤纤。
千云纤纤如君梦，纤如君梦情中天。

农历己亥年十一月初三下午

幽幽怜惜路艰辛

幽幽怜惜路艰辛，潇潇风雨江湖情。
一杯浊酒游子意，莫道人生不销魂。
颠沛流离终有居，翰墨相伴乐遥神。
人比黄花无新意，寄雁传书有清风。

农历己亥年十一月初四夜于心居

娇娆烟霞

帝都初雪裹银装，如诗如画依梦裳。
秒变紫禁六百载，国泰民安颂荣昌。

农历己亥年十一月初五傍晚于高速途中

鹰隼出巡有俊骅

漂泊数载盼归家，奔波甲子辞天涯。
万里征程尘与土，一汪泪水洗铅华。
四十承载肩南北，风雨霜雪添白发。
喜怒哀乐容旧事，鹰隼出巡有俊骅。

农历己亥年十一月初五晚于心居

珍惜二首

（一）

漠漠冬月风雨潇，夜半思量几多愁。

无边轻梦忧伤在，闲云残雪伴寒霄。

珍惜时空情如金，莫欺真心火自消。

缘修千载同船渡，恩报三生共白头。

农历己亥年十一月初六晨于心居

（二）

阳春阡陌万物春，端斋独酌夜半深。

无根人生闯南北，入穗归处落鹅城。

盛年壮志不重待，岁月成败论英雄。

时当珍惜卿莫负，善遇只度有缘人。

农历庚子年正月二十五日夜于羊城

空床夜读

雾沉雨寡雪霏霏，空床夜读孤枕眠。

窗外月冷风凄苦，几多愁绪入帐纬。

曾是惊鸿破长空，而今影踪照残壁。

回眸伤感数滴泪，斋堂独卧懒更衣。

农历己亥年十一月初七夜于心居

醒世惊雷

风吹纤云情满山，碧空天蓝步丛禅。
三生缘修论今古，惭愧人生一戏谈。
此身虽健心常在，后世茫茫话艰难。
一簇花开无寂主，醒世惊雷疾声叹。

农历己亥年十一月初九下午于高速途中

镜智堂开光

东坪晨曦映禅林，正觉鼎香众芸芸。
和风日丽鸣钟鼓，镜智堂幽奉神明。
莲花彩虹绕古寺，法界祥光定磬音。
灭灾除愆凭因果，红尘虚空不二门。

农历己亥年十一月初十上午于韶关东坪山正觉禅寺

晨曦奇象日月同辉

晨曦奇象映山林，正觉神风贯乾坤。
日月同辉蕴五色，袅袅烟霞万里情。
轻云岭上东坪山，大觉正觉正传承。
池塘水碧含禅意，芸芸众生啸苍穹。

农历己亥年十一月初十晚于高速途中

镜智堂中修来生

萧萧暮暮祥云天，清清朗朗数千年。

东坪古寺几冷落，神州春风再飞腾。

物华瑰宝安行处，不要蹉跎聚众贤。

一曲慈悲明日月，镜智堂中修来生。

农历己亥年十一月十二日于高速途中

不忍读卷看香魂

夜寂孤灯藏精灵，皎月若落寻旧梦。

汉唐宋元明清史，令人唏嘘荣华情。

美雀娇娃野草花，浮华血泪已绝君。

翠裙罗衣令命薄，不忍读卷看香魂。

农历己亥年九月初六夜于鹅城寓所

水中天

红尘茫茫缘三生，春梦依稀叹可怜。

不知冷暖枯萎草，犹如寒夜水中天。

农历己亥年十一月十三日晨于心居

群峰不留无缘人

寒夜天空布满星，寻梦苍山映树荫。

孤时独步伴夜听，闲来何须觅知音。

凭栏远眺送月归，倚床迷蒙翻书声。

山高水远徒手去，群峰不留无缘人。

农历己亥年十一月十三日晨于心居

珍惜再二首

（一）

昨夜星辰梦红颜，望月怀远水中天。

珍惜双手莫折枝，虚度光阴悔当年。

农历己亥年十一月十五日夜

（二）

温柔一笑似芳原，风流时光舞翩跹。

莫辞盏酒行野恣，珍惜岁月清华天。

农历庚子年三月十八日夜于端斋

四海为家

萧萧叠絮压枝低，风吼漂泊四海飞。
三九寒天砌残雪，愁绪心酸无处归。
何求一饭离远乡，薄被苍凉着寒衣。
空杯无情催买酒，半盏浊酿道别离。

农历己亥年十一月十七日夜于心居